바위의 꿈

反詩시인선017

바위의 꿈

김미선 시집

시와반시

| 차 례 |

| 1부 |

바위의 꿈

바위도 시간을 먹고
물들고
깎이고 또 깎이어
천년을 참아내면
스스로 이끼를 옷으로 지어 입고
초록의 꽃으로
피어날 것이라고
바람은 또 쉼 없이
오고 가고

방부제

오래 상하지 말라고

상점에 가지런한 식품들

오래 썩지 않는 포장에

길들여진 탓

천 년 만 년 흘러도

내 가슴에 남는

그리움이라는

방부제

사랑

몸을 낮추고 낮춰야
사랑을 얻을 수 있다는 것을 알았다

다리가 긴
왜가리가 저녁밥을 구할 때
무릎을 꿇고 몸을 꺾어
제 그림자를
눈물겹게 짚는 것처럼

웃는 일

날도 궂은데
뭐 좋다고 웃겠니

시장 가는 길
땀 뻘뻘 흘리며
돼지 앞다리
사러 가는 길인데
뭐 좋다고 웃겠니

어름이라고
작두콩 꽃, 여주 꽃, 강아지풀 꽃이
울타리 기대어 같이 웃잖다
오뉴월 장미들도
웃어야 살맛나는 일이라고
따라서 피어난다

눈 찔리다

춘삼월
봄꽃에
결국 눈병 나서
앓아눕고 말았다

꽃도
살짝 훔쳐봐야 하나보다

병원 가는 길
장미 한 송이 또 피었네
볼까 말까
이미 빨려 들어간 내 눈
또 콕 찔렸다

그곳, 사랑

그날
우연히
우리가 모르는 낯선 곳
그곳에서 만나
한참을 기뻤고
몰래 웃었고
몰래 울었고
연꽃으로 와서
이 모양 저 모양
피어서 안심했고
그리고 이별했다

바다 앞에서

바다 앞에 서면
노을이 붉게 탔으면 좋겠다

밀물에 쓰러지지 않는
모든 갯바위가 노래 부르면 좋겠다

가슴 터질듯 슬퍼도
바다
서로 마주보며 미소 짓기를

노닐던 바다 새가 저녁이 되어
집으로 돌아갈 때
절대 아쉬움 없기를
손가락 걸어 내일도 살아보자고
다시 약속하기를

곡비

먼 길 간 지 사십구일 째라고
꼭 와서 노래를 불러달라고 했다
음치를 넘어선 음치인데
무슨 노래를 불러드릴까

사랑과 이별이라면 어떻겠나
죽은 자 산자
인연으로
남은 자를 위해 한곡
떠난 사람을 위해 한곡
내 목구멍이 노래 불러주었다
노래는 두 곡인데
어금니 꾹 물고 참고 있는
울음이었다

일 센티의 간격

여탕에서 목욕을 하고 나온 두 여자
각각 옷장을 열고
팬티 하나 걸친 채 삿대질하며 옥신각신이다

뒤 여자가 거울 보러 가는 길에
앞 옷장 여자의 옷장을 살짝 닫았다고
남의 문을 마음대로 닫느냐며
손가락으로 허공을 찌르면서
스텝을 밟으며 칼춤을 춘다
서로의 젖통들이 살바람을 일으킨다
곧 옷 벗고 뒹구는 스모 선수가 될 것 같다

때 벗기려고 예뻐지려고 와서
웬 꼴 볼견 두고 보려야 볼 수 없는
1센티의 양보 없는 난투극은
뜯긴 머리칼 한 움큼씩
두 여자의 손에 쥐인 채 끝났다

헐벗은 살들로 가득한 목욕탕 살벌한 1센티의 사이
양보 없는 요즘 세상의 이 엄청난 꼬락서니의 슬픔

미친데이

만만한 콩나물 사러
길 건너 마트 간다.

질러가는 유쾌한 개구멍
담벼락 잡고 올라온 가을 장미 두 송이
하늘 향해 자랑스럽게 꽃대 흔들며
따라 건널목 건넌다.

아이고, 참말로 미친데이
마트에 콩나물 한 봉지 200원이네
싸다 싸서 미친데이
진열대 생활용품 가격이 반값이라 예
미친데이
줄줄이 서서 공손자세다.

마트 사장님 몰래 낄낄대며 주섬주섬 죄송해서
미친데이

오징어 땅콩 1 봉지 값에 두 봉지 정말 좋아 미친
데이
오징어 땅콩 한 봉지는 누구 줄까.

개구멍으로 쏙 돌아오는 길
두벌 장미 송이를 담벼락이 건넨다.
세상에 이런 공짜가 어딨어~미친데이*

* 롯데마트 할인행사 첫째 수 목요일

꽃방귀

잊힐 듯 잊히지 않는
마음이 피어나나
꼭꼭 숨긴
그리움이 몰래 말을 건다

길섶 지나며 바라본
꽃이 말을 거는 순간!
향기가 난다

왜?
방귀 뀌었나?

춘몽이라 생각하자

바람이 와서 가지를 더듬었고
향기가 와서 몸을 적셨다 치자

바람과 온몸 뒤엉켜
씨름했다 치자
활활 탔다 치자

날 새고 보니
바람은 날아가고

밤을 태운 흔적만
헝클어져 밟히더라

혼자 피는 꽃

작년에 보고 못 본 꽃
올해 보니 반갑더라.
저 혼자 피면
슬프지 않겠나
저기 산언저리 산 매화 산 복숭아꽃 조팝나무 꽃
얼굴 보고 눈 맞추고
이제 마음 놔도 되겠더라

오순도순 숲을 집 삼아
푸르게 돋아
저들끼리 파릇파릇 놀고 있더라
아직도 꽃향기가 한창 때더라

시간의 집

질긴 고무줄처럼 길게 흘러가고
눈 코 볼 사유 없이 쏜살같이 지나가는 하루

지금 나는
시간의 어디쯤 가고 있을까
먼저 간 엄마는
어느 집에 잘 도착했는지
하늘 맑은 날에 구름이라도 지나가면
물어볼 참이다

심줄 뽑기

저 깊은 심心에서

자꾸 마른 내 눈물만 짜내고 있는

저 꽃들

뽑을 수 없는

저 빈자리

목소리 마스크

무슨 반찬으로 식사를 했냐고

눈깔사탕 하나 드셨냐고

앞바다는 잔잔하냐고

이웃사람들 얼굴은 봤냐고

누군가 마을로 찾아들었냐고

엄마표 자가용을 밀고 운동 좀 했었냐고

내 말이 끝나자

마스크 쓴 어머니 목소리

전화나 자주 해라

그 한 마디

들리다가 안 들린다

그 섬

섬에 가면 추억이 새록새록 꽃잎 피우고

내 젊은 날의 화사한 꽃송이로 만개하려니

그런 날이 올까! 바로 저 환상의 섬 바위로

지금은 없는 그 섬을 다시 만날 수 있을까

그날 그 시간 그 풍경은 어림도 없겠지만 물새들
이 춤추면서 노래하던 해변의 바위

물고기들이 얕은 수면 위에서 나를 홀리고 게 고
둥도 참고둥도 몸을 떨면서 숨 쉬던 곳

해초들은 해풍을 따라서 너울춤을 추던 곳

물발자국이 아기 발바닥 같았던 아! 그 섬

비린 단맛

하루도 비린 것 먹지 않으면
심신이 허기가 진다

내 삶의 뼈대가 허물어지는!

유년시절
그 바닷가 처음 입맛들인 그날
그물에 널린 반짝이는 멸치가 내 입맛을 훔쳐갔다

앞으로
뼈 있는 것 골라먹고 뼈대 세워 잘살겠다
차츰차츰 더 그래야 한다

함박이라는 섬

내 어린 그때
우주만큼
큰 몸집이었지

이제는 갈수록 작아져서
손바닥으로 가려도 되는
먼지가 되어 날아가 버릴 것 같은
섬 아닌 섬

푸르고 넓은 바다는 사라지고
내 가슴속에 가시로 남아
지나간 세월을 찔러대는
잃어버린 첫사랑의 이름
함박도

늙은 섬

썰물 나간 후
다시 돌아오지 않은 바다에 기대어
섬은 적막과 논다
낡은 폐선 깃발만 펄럭이고
포구는 배를 매던 말뚝만 남았다

훠이 훠이
집 밖으로 유모차를 밀고 나오는
등 굽은 어른들만
삐거덕거리며 느리게 걷고 있다
자꾸만 마음 한편이 저려서
작아지는 섬이 슬프다
두고 온 섬에 마음이 끌려간다

| 2부 |

얼룩

산다는 것은 얼룩지는 일이다
단 하루를 살아도 얼룩이 묻고
백수를 누려도 얼룩이 남는다
스치는 인연도
순백으로 키를 세우는
자작나무를 꿈꾸었을 것이다

그러나 세상은
바람 비 태풍 먼지 사람의 얼룩
자작나무의 검은 눈물은 그렇게 새겨졌던 것이다

지울 수 없는 흉터
지나가는 발길을 멈추게 하고
눈길조차 내리감게 한다

자작나무는 슬픔의 **뼈**로 자라고
울음으로 검은 피를 감춘다

누구에게나 보이지 않는
그런 얼룩을 가지고 있다

밤의 승부

하얗게 내려앉은

기억의 꽃가루

어둠으로 지워도

맑은 아침 사이사이

첫날밤을 기억하는

난초꽃이

수줍은 듯 피어올랐다

어쩌면

우리의 삶이 지나고 보면
작은 속삭임이겠다 싶다

한때는
나만이 세상을 다 살아낸 거 같았으나

저 먼 곳에서
누가 바라보고 있다면
하찮은 존재일 수 있겠다

나는 어쩌면 골고루 삶의 고뇌와 어려움
고달픔, 이별과 슬픔 온갖 것들을
나누어주고 있다는 것!

어려움과 슬픔 같은 것은
어쩌면 현실이 꿈이었으면 하거나
소중한 것일 수도 있겠다는 생각

대물

햇빛이 일러주는 길 따라
갔다

눈바람 쌓인 길
호듯호듯
몇 천 번 비바람이 왔다 가고
세월의 옹이
아카시아 나무 아래
백세 건강을 지켜줄 장수버섯

바람 불고 눈 내린 날에
아무도 가지 않는 길
하늘이 보시하듯
가시덤불 속에 갇힌 귀한 심을 봤네

내 생애 처음 신이 내린 큰 대물을 봤네

갯메꽃

31번 국도 지나가다
바닷가 낯선 곳
순박한 꽃 그 옆에 오래 앉아 있었다

갈매기들도 그 옆에 옹기종기
물결들이 앞 다퉈 밀려오는 곳
해풍이 파도의 등살을 떠밀어 올리는
서로 얼굴 닮은 것 끼리 어울러 생을 살아내는
구릿빛 손등을 가진
바다를 끌어올리는 손마디 굵은 남자들
그물을 당긴 어깨는 쫙 벌어져
바다에 다 절실해서

하루 종일 갯메꽃은 기도하듯
순한 눈빛으로
해변에 닿는 파도의 하얀 살결을 바라보고 있었다

시금치가 웃었다

시금치를 심었다
널따란 고무대야에 심었다
그 다음 날부터 시작된 장마
해는 좀처럼 나오지 않았다
시금치는 물만 먹고 살 수 없다고
흙만 먹고 살 수 없다고
창문 밖으로 목을 길게 뺐다.
자꾸만 길어지는 목

기다림이란
이렇게 목이 길어지는 것
해가 시금치를 먹는 날이 어서 오길
시금치가 해를 먹을 날이 어서 오길
기다렸다.
장마가 그쳤다
시금치가 웃었다

해도 마주 보고 웃었다

어머니도 그랬다

지극히 사무적

나이가 들면서
오고 가는 당신과의 사랑도

당신 월급날 달뜬 보름날
만나서 하자고 했다

달력에 진하게
빨강 동그라미 그려져 있다

그날만 빤히 기다리는 남자
그날만 기다리는 여자

우리는 절대적 사무적인 관계

힐끗

새벽부터 홰를 치며
헛기침하는 수탉
아침
뒤뜰에 노는 암탉을 본다

삐딱삐딱 여유롭게 걸으면서
요리조리 닭 볏 자랑하면서
안 본 듯 볼 건 다보는
옆에 달린 두 눈으로

하아!

달꽃

세상의 꽃들
그 숨결
몰래
빨아들이는 저 달

세상에서 제일 큰 밤꽃이다

송두리째 흔들어버리는
둥글어지는
마음이라니

장마

며칠이고 추적추적 내리는 비
흐리멍덩 지나가는 하루들
아파트 옥상에서부터 빗물 내리친다

졸졸거렸던 빗물이다가
물통을 부술 듯 저 줄기찬 흐름
잇는 낙수 떨어지는 소리가
길게 다가오는 색정인 듯
갱년기 모퉁이 돌아서는
흐린 날 내 귀가 또 고장 난 듯하다

얼굴도 모르는 이들에게

사람들 드문드문 오가는 길에
저들끼리 한들한들
어울려 피었네

드문드문 지나가는 처음 보는 이들
누구라도 가까이 가 꽃을 바라보네

길가의 코스모스
마음을 비우고 돌아온
얼굴 모르는 이들을 위한 선물 같네

드문드문 지나가는 한 사람이
떠오르는 또 다른 누군가에게 꽃 선물을 생각하네

콩나물처럼

두 발을 내리고 저벅저벅 걸어간다
콩잎 같은 우산을 받쳐 들고서
……

비와 나 사이 양철지붕 밑
겨우 1미터의 간격인데
시간은 비를 맞으며 걷고 있다

머리 위에 꽂히는 비
빈틈없이 내 머리 밑뿌리까지 적신다

어느새 몸 안으로 스며드는 빗방울
겨우 1미터 세상에서 나만 두고 적셔버린다

비에 빼앗긴 채 뭐라고 구시렁대며
귀청을 찌르는 소리가 왁자지껄하다

비 내리는 날에 나도 뒤척이다가
꿈속으로 먼저 들어가 버리는 나

민들레처럼

바람을 따라가고 싶다 하셨지요
나비처럼 날아서
푸른 강이든 산기슭이든
훨훨 날아서 가실거라 했지요

너른 들판을 지나
구름을 타고 간다 했지요

훨훨 물음표를 달고
물어물어 간다 했지요.
가볍게 바람을 타고 간다 했지요

그렇게 끝까지 가다 보면
강이 끝나고 바다가 시작되는 곳
이곳을 벗어나
그리움이 손 닿지 못하는 곳으로
영영 간다 했지요

덜컥, 치매

하나 둘 차츰
야금야금 사각사각
추억을 갉아먹는 당신은
눈에 뵈지 않는 바구미 같은 것
들에서 묻어온 진드기처럼
어느 날은 따끔따끔, 간지러움으로
어느 날은 결림으로
어느 날은 콕콕 찔러대는 수심으로
견디어 온
다만 깜박,
한쪽 뇌혈관이 물어뜯긴 채
무너져 내린 서까래
지나가는 나그네였다가
내치지 못한 불청객이었다가
왜 이러지
힘 빠진 팔다리 버둥거리며
벽을 붙잡고

일어나려 해도 일어날 수 없는
내가 왜 이러지 할 때
맹종의 신으로 섬기는
당신이라고 부르는 병

슬쩍

육지에 살면서 아무리 버무려도 맛 들지 않는
맹물 같은 싱거운 삶! 스며들지 않는 짭짤한 맛
의 허기!

고향에 가면
눈여겨봐 두었다가
슬쩍 도둑질하듯 챙겨 오는 만지고 놀던 그 흔한
것들

하나 둘 차츰 낡아져 가는 것
애처로워 간절하게 챙기고 싶었던 것들

딸 여섯이나 낳은 옆집 남선네, 딸들은 다 도둑
년이라더니 마음 콕 찔린다

처음에는 화단 밑에 버글버글한
심해 속에서 건져 올린 고둥 껍데기

나에게 없는 그 흔한 것
조개껍질 그것만 몇 개 집어오고 싶었다

그 다음 해는 춘란 몇 포기
그 다음에는 팔손이 동백나무 까지

그 다음 해는 엄마가 쓰던 손때 묻은 접시 몇 개
까지
점점 더 간절해지는 것들…

새벽 바다
아침노을 저녁노을까지 다 챙겨 오고 싶은 마음

해조음에다 갈매기까지

아버지가 남기고 가신 저 통통배까지 다 슬쩍 챙
겨 오고 싶은

아예 느른 바다를 쥐고 하루 종일 조몰락거리던
빛나던 윤슬, 물보라까지
　다 데리고 와 옆에 두고 살고 싶은

　그 투박한 말 매무새와 못다 나눈 인정까지 끝도
없는 이 도둑 심보

내환지의 봄

풀지 못한 아픔의 응어리처럼
내환지의 겨울이 흔들린다

가슴 쪼개며 울었던
대나무의 가슴을 쪼개며 몰려가던 바람

물가 너머 펄럭이는 흰 손수건
머리 위에 내려앉는
햇볕이 따스해지면

아득하게 멀리 있던 그리움
꽃을 피우면
눈 감고도 집으로 찾아오겠지

소나무의 위로

오라는 곳 없어도,
날마다
갈 곳이 있다
마음 붙일 곳 있어 다행이다

믿을 것은 발 힘뿐
뻘쭘하면 나서는 곳
우후죽순 서 있는 소나무 숲
모두 내 편이라 믿는다

바람이 불면 시를 쓰는 소나무
나는 안다
그들도 얼마나 어디론가 떠나고 싶어 하는지

흘러가는 저 구름
날아가는 저 비행기
새들의 날개가 닿는 곳

저녁노을 바라보며

소나무와 함께 꿈꾸다 온다

꽃과 잎

봄이 되니
모든 나무들
일찍 또는 더디게
제 자궁을 드러내고 있다

동글 삐죽 납작한 꽃잎을 치장한
끈적거리는 점액을 뿜어대는 꽃대

나무들 향기를 뿜어 되기도 모두 다 다르다

생김도 향기도 피어오름도
벌, 나비, 꽃마다 꿀을 따고
봄바람 가지마다 찾아와 피어나길 서두른다

바람이 난다

이월 나무에 물 올리거나
물 뽑어내는 소리
봄바람은 바다로부터 불어오는지
그다지 차갑지 않아 나뭇가지가 움을 빨리 틔운다

나의 길에서 반쯤은 걸어왔다

귀를 들쑤시는 신들린 바람
머리통이 점령당하자 뇌를 긁는 소리가 난다
아직 봄! 멀미하는 나

봄바람의 낯가림인지
며칠 봄 앓이 하겠다
겨울이 빠져나간 몸은 또 봄으로 부풀어 오르겠다

괜히 나왔다는 생각, 저만치 지나가는 할머니 보며
새파랗게 젊은 게 나도 할머니 하면서

염치없이 절뚝거린다

방심은 금물이라더니
바람은 더 세게 나를 후려친다
저 나무가 꽃피는데
이내 마음 꽃불 댕기느라 너무 들떴나

그때

나는 오늘도 기다립니다

고기 잡으러 바다로 떠난 아버지 돌아오실 때를

어머니가 통영장에 가서 왕눈깔사탕 사 오실 때를

내 형제들이 한집에 다 모일 때를

내가 먼 고향집으로 갈 때를

순하디 순하게 기다려봅니다

하루가 가고 또 밝은 하루가 올 때

조용히 오십 년째

그때를 기다립니다

그리움의 배경

만개한 구름이라도
남쪽 언덕으로 향하면 기쁘다

못 가는 몸
마음이라도 태워 실어가는 저 구름
시원섭섭하지만
저 구름이 참 고맙다

옛날엔 기러기들이
해지는 저녁 남쪽 하늘로 자주 날아갔는데
그럴 땐 저만치 끝 간 데 없이 자주 따라붙었는데

요즘엔 도시 변두리
기러기가 길을 잃었는지
저녁 하늘 목 길게 뻗쳐 바라보는 그것마저도
눈가가 자글자글

그리 섭섭하기만 하다

그리움도 그 배경이 추억이 되는 가을이다

| 3부 |

도배

집이란
작은 마을

족문, 지문 저장된
문턱을 페인트로 덮는다

벽마다
거친 한숨소리 눌어붙어 암각 된 것

퍼즐 끼워 맞추며
말꼬리를 지우며 갖추거나 못 갖추며 어긋하게
그럭저럭 살아온 세월

오미에 떫고 앓인 슬픔을 짜낸 고름 같은 눈물도

가슴을 뒤집는
싱겁고 끈적끈적한 웃음까지

방구석 숨겨놓은 비밀까지 달라붙은 25년 된 누런 벽지 뜯어내고 있다

내 생애 이런 벽 없었더라면 얼마나 허망한 일이었을까

몸에 상처 나는 줄도 모르고 달음박질치며 숨 가빴던 지난 얼룩들이 후련하게 다
뜯겨나간다

좀 더 좀 더 욕심부린
끈적끈적한 아쉬움이
회한의 눈물로 흐른다

그러므로 잊히고 지워져 가는 지난 날들

택배로 온 장미

가지마다 한 송이씩

뒤늦게 배달된

늦가을 장미

가시덤불 헤치고 나온

촛불인 듯

시들고 흐린

온 세상이 다 환해진다

길 위의 꽃들

길 위의 꽃들 서리 내려 찬바람과 함께
지고 있어요

꽃잎 하나 둘 차례대로 지는 일
하늘이 하는 일을
막을 수 없어

이제는 조용히 고개 숙여요

한낮의 햇볕도
여린 꽃잎을 피울 수 없어요

오늘 밤에는 모두 그렇게 소리 없이 다 지고 말
것 같아요
우리 눈으로 주고
마음으로 정이 들었는데
이제 가네요

나는 슬퍼하면 안 돼요
꽃이
내가 슬프다는 것을 알게 하면 안 돼요. 눈물을
끝까지 감추어야만 해요

서로를 기억하는 것으로
약속을 해요

어둠이 내리면

어둠이 내리는 길로
마중 가는 길
오든 안 오든
그냥 간다

눈뜬 대낮은
내 슬픔이 들킬 것 같아
나와 함께하는 것들이 안 보이는 곳으로 간다

내가 어둑길을 홀로 걸으면서
울거나 말거나
아무도 모르니까
울음 뿌리는 길은 젖지 않는다
달빛이 별빛이 뒤따라와
어둠길 한 바퀴 돌아오면 그냥 속이 후련하다

가자!

이렇게 먼 육지까지 날아온 갈매기야

상처 난 날개 밑에 다리를 접고
밀려오는 폭풍 속으로 헤치고 다시 가자꾸나

가다 보면
수평선 너머로 가물가물 떠오르는 신기루 같은

꽃 같은 섬 하나
어젯밤 꿈속에서 본
고향이 기다리고 있을 것이니

청명

마음 옆구리가 결리는데
하늘이 맑다

나뭇가지에
꽃구름이 산허리처럼 눕고
강물은 허리띠를 푸는데

농사일을 시작하라고
햇볕에 드러나 보이는 저 푸름
막막하게 밭뙈기 바라보니
입을 가린 눈물이 찔끔

멀리서 와 가까이 있는
향기로운 기미
한 곳을 바라보고 있는 것처럼!

한 사람

한 사람이
꽃이 오는 길을 찾아가듯
외발로 절뚝거리며
두 어깨 흐느적거리며
울퉁불퉁
구부러진 길을 따라
자빠질 듯 엎어질 듯
해지는 길을 따라갔다

마음속에 잠시 물들었다 사라져 간
외길을 걸으면 가끔 생각나는 사람

봄이 온 듯
가는 듯
꽃이 한창 피고
지고 있다

가을

생을 365일로
마감하는 저 끓어오르는 분노

제 열기 참지 못해
발길 끌어당기는
탐욕스러운 저 커피 향 같은

이산 저산
산천초목
고개 꺾으며 자지러지는
저 붉디붉은 몸부림

산야초 한 송이
붉게 크게 울고 있다

딴 짓

봄날
희롱하는 꽃에 물들어
마음 뺏겼다
집으로 돌아와
배추를 심었다
매일 쓰던 사랑일기도 시들시들
집 밖 햇볕만 졸졸 따라다녔다
나도 꽃이야

시든 배추꽃이 말한다.
자기야
꽃 좀 돌봐라

화우 내린다

비가 내린다

꽃도 비도 함께 내린다

꽃에 미안하다

내 앞에서 말이 없던 꽃

단 한마디 주고받은 말없이

그냥 보내야 하는 꽃

맘껏 봐주지 못하고 보낸다

술이 생각나는 저녁

비가 내린다

3월

삼월
뼈의 그늘 아래
바람의 향기로 햇볕으로 맥을 짚는다

어디쯤에선가 실핏줄 흐르고 있는지
바람과 구름과 햇볕이 지나간 자리
긴 잠에서 깨어나
팔딱팔딱 맥이 뛰는 자리마다 꽃이 피는지
따순 햇볕의 손길로
빳빳한 가지를 만지면
맥이 뛰며 수액의 물줄기가 흐르고

둥근 말들이
꽃잎으로 하늘을 날고
그늘진 땅으로 또 날아가고

끝내 한 세계가 끝이 날 때

우리가 본 것은

일말의 먼지로 빛을 포개리라

봄 간다

그대인 듯
꽃송이에 눈 마주 쳤네

부드러운 봄바람
아지랑이 속에서 웃었네

하늘거리는
파릇한 수양버들 가지에 매달려
그네를 타듯
그대 손잡고
한들한들 춤추었네

그대는 떠나고
빈 하늘만 남았네.
물거품으로
나는 텅 비워지고
쓸쓸한 가슴만 후드득 떨어지네

두 살 배추

작년 시월에 뿌린 배추씨
두 살이 되었다

꽃술을 내미는 배추들
종다리가 전봇대처럼 쭉 뻗어 올라온다

베란다가 온통 노랗게 물들었다
배추도 저렇게
꽃을 피워 나를 기쁘게 하는데

칠순 그대 씨는
가슴 근육만 볼록볼록 자랑하며
언제 꽃을 피우려는지
감감무소식이다

나무

하늘을 이고
아무 기다림 없이 한 곳에서만 산다

침묵으로 밥을 먹고
새들은 지저귀다 날아가고 또 다른 새가 찾아
오고
찾아가지 않아도
세상 이야기는
바람이 와서 들려주었다

어느덧 신목이 되었는지
그믐밤 캄캄한 어둠을 붙잡고
누군가 절을 하고 가는데
이름은 묻지 않았다

세월을 경으로 읽으며
오늘도 누가 찾아오지 않아도 탓하지 않으며

하늘을 뻗어 올라가는 것에
힘을 기울일 뿐이다

꽃피면 봄

그대 생각에 밥을 물리고
꽃을 봅니다

목이 아파요
눈물도 울음도 밥도 삼킬 수 없어
모두 목에 걸려요.
달맞이도 민들레도 초롱꽃도 다 피는데
나만 보고 당신은 못 보는 꽃
살아있는 이 슬픔
이 고운 슬픔도 슬픔이어서
누구에게 나눠야 할지
더욱 슬퍼지는 봄날

당신 가신지 오래
그래도 꽃은 피고
나눌 수 없는 이 봄의 슬픔

풀과의 전쟁

등 넘어 보리밭에 지심 솎아내시느라
호미 하나로 엎드린 세월
풀을 용서할 수 없었던 어머니 등허리

깨밭 콩밭 조밭 고구마밭
줄줄이 일어서며
해마다 입 벌리며 발목 잡은 풀들
눈 깜짝할 사이 일어서는 풀들

고랑고랑 야금야금
등허리를 덮는 지천의 풀들
끝내 어머니도
밭 한 뙈기 차지 못한 풀이 되셨다

뻐꾸기 소리

유자 밭에 저 뻐꾸기 작년에 울고
올해 또 운다
내가 고향집 온 줄 빤히 아는 게지
속에 말을 한다
다 못한 말 뭐라 뭐라 자꾸 당부하듯

그리움이 사무쳐
푸른 숲을 헤치며 우는 소리다
콕콕 내 가슴 찧는 울음이다
다른 세상에서 와서 우는 저 청명한 소리
나를 부르는 소리
내 뼈 속까지 빤히 들여다보는 소리다
먼데 갔다가 다시 돌아와 반갑다고 우는 소리다
뻐꾹, 뻐꾹

고향집 시계

내가 나그네가 되어
고향집에 머무는 동안
시계들은 멈춘다
자꾸만 가는 시간
네 눈길에 멈추어 서다
째깍 거리는 안방 벽시계
댕댕거리는 대청마루 괘종시계도
보이지 않는 내 손이
그 시계추를 잡아 서게 한다
가끔씩 찾아오는 손님이 아니라
그 옛날 이 집의 셋째 딸이
눈에 집히기 때문이다

향수

길을 걷거나 길섶에 서있거나

돌 방석에 앉거나 누워 있어도

고향 바다는 쉼 없이 내게로 달려온다

내 영혼의 혈류를 타고 출렁출렁 놀다가

흐르는 척 내 심장 안으로 되돌아온다

정말 알 수 없는 순환의 절대적 가치여

묵호

죽기 전
꼭 한 번
묵어야 할 곳
7번국도 내달린다
몇 개의 만과 몇 개의 곶을 휘돌아
밀려드는 물결에 출렁거리며 다 닳았다
사방
마음은 벌써 만조로 차올라
말 잇지 못했다
수평선은
빨간 양철지붕 꼭대기 올라와
언덕 등대까지 넘실거렸고
나는 하늘과 맞닿은 빛에 잠겨
가슴 벅차
더 이상 어쩌지 못했다
그 옛날 묵호와 통영을 오갔던
언니의 옛 애인

여기 어디쯤이라는 생각
해풍과 함께 스쳐갔다

| 4부 |

남쪽 하늘아래

하늘빛은
내 서러움의 배경이었고, 구름은 눈물의 경지이고
푸른 바다는 온통 그리움이었다

같이 하지 못하여
하루하루 해가 져가는 하늘끝을 바라보며 무척
슬펐다

여러 날 미루다 그렇게 닿게 되면
가슴 활짝 열어 안아주는 고향
확 트인 뜰이 보이는 거기
영원히 당신 머문 자리

하늘, 바다 그 어디든
둥둥 끝없이 흘러갈 수 있어 좋은 곳
이제 조금 잊을 만하겠다
걱정 안 해도 되겠다

기다림

오지 않아도 기다리고
올 것 같아도 기다리다
해가 졌다

또 오겠지
금방 문을 열고
엄마 부르며 들어설 것 같다

계단을 밟는 발자국 소리
누가 벨을 누르나 환청이
들린다

오지 않아도 올 것 같은
올 것 같아도 오지 않는
아들아
지척이
십리 길보다 더 멀구나

반곡지 왕버들

하늘을 향해

줄지어 선 왕버들

들어가는 문도

나오는 문도

하나

그 깊은 사색의 자세가 푸르다

나무에도 귀가 있다

매호천 나무들은 귀가 있는지
진밭골 바람소리를
한쪽으론 듣고
한쪽으로 흘러 보내네

센바람을 타는 몸부림이
사람을 똑 닮아
숙명으로 받아들이네

비탈진 언덕에서도
알아서 휘어지고 일어나고
가지로 몸의 균형을 맞춰 보려고 하네

우수수 사르르 휘청휘청
떠는 몸짓도 제 각각 달라
꿀 먹은 벙어리
몸으로 말을 하는 것 아닌가

상처로 새겨진 흉터는
안으로 새기면서
강해지고 강해져서 긴 세월
버티며 오래 버티며 살아가고 있네

나무들

광나무가 나보고 그랬어
저기 오는 정원사에게 걸리면 죽도 밥도 안 된다고
내가 사는 아파트에
사철 푸른 얼굴로 서 있었는데
화단 정원사가 가위질을 멈춘 사이
재빨리 집으로 모셔왔어

우리 집 거실에는
코가 큰 벤자민이 있는데
바다 건너 먼 타국 밀림에서
배에 실려 오느라
하얀 피 같은 눈물을 많이 흘렀다는데
화원에서 만원을 주고 입양했지

광나무는 이웃이니 그냥 슬쩍 들어와
추운 베란다에서도 잘 자랐고
벤자민은 따뜻한 거실에서만 잘 자랐는데

두 얼굴이 비슷하지만
헷갈리지는 않았어.
돈 한 푼 들지 않은 광나무가
더 실하게 베란다를 잘 지켰으니까.
눈길 끄는 늘씬한 벤자민

본척만척해도
물만 줘도 잘 자라는 광나무
어디에 정을 줘야 하나
정말
이러면 안 되는데 안 되는데…

꽃피고 지는 사이

비 멈춘
막간의 그 사이
나는 꽃 피었다는 소문에
코스모스 피고 지는 그 사이
꿈속을 다녀왔다

잠깐!
비 그치고
잠시 또 비 내리던 그 사이

추억은 영원한 순간
지금부터 그리움이 시작될 그곳
빗물에 떨어진 꽃잎을 지르밟고 꽃길 지나왔다

매미

구애의 노래는
울음에 가깝다

백일홍 붉은 가지에
스치는 저 소리
백중이 머잖은 길에
영혼의 절규로 들리네

파도 타듯 너울거리는
저 소리의 뒤안길
느티나무에 벗어놓고 간
헌 옷 한 벌
몸이 빠져나간 뒤
바람에 날아갈 듯
깃발로 흔들리는 텅 빈 손

다랭이마을에서

절벽에도 봄이 와서
칸칸이 노랗게 꽃이 핀다

논둑, 논둑
일찍 소쩍새 울고
뻐꾸기도 뒤따라
논 작다 논 작다 운다

어떻게든 살아보겠다고
돌들의 센 고집
삐뚤빼뚤 에돌아간다

들쭉날쭉 제멋대로
배 한 척 없어 슬픈 노을을 가슴에 얹은
마을의 재산이다

내 마음에도 몇 마지기
다랭이논 있다

우물

퍼내어도
고이는 물의 자리

한 가슴 한 우물

즐겁고 행복한 시간 뒤에
울컥울컥 찾는
가장 진실한 시간

애틋함 지워지지 않는 그 슬픔의 공간
찾아와 나를 바라보게 되는

벗는다고 벗어던져지지 않는
평생 끼고 살아가는
가슴속 파여 고인 한 우물

어떤 연애

반평생
번개 치듯
지나간 시간

그렇게 잊힌 듯
사랑

일평생 그렇게 살았어도

토끼풀
꽃반지, 시계 끼어줄 때
일순간 사그라지는
그 먼 연애

안개 나무

남쪽 바다 미륵도 어디쯤
밀려오는 꿈의 파도
갯바위에 오도카니 앉아
손안에 잡힐 듯 하던 미지의 세상

밀려오는 넝쿨진 삶 헤치며
눈길 아득히 닿을 것 같았던
뭍의 세상

외진 길 돌부리 헤치며
어거정어거정 커 올라
그리움을 머리 위에 얹고
어디서든 자라나는

사랑으로 빛을 발하는
꽃구름 뭉실뭉실 피어나는
다소곳한 안개 나무

미역 꼬투리

바다에서 살다가 건져져
육지로 실려 오게 된 미역 꼬투리
빨랫줄에 매달러 온 집안 냄새를 풍긴다

낯설고 끈끈한
바다 냄새를 끌어안고 있는 것이
꼭 그해 나 같다

비린 이야기 찾아
귀와 눈이 쫑긋했던 허기진 일상으로
하루를 마감했던 시절
쉽게 그 냄새 떨칠 수 없었다

살던 곳 냄새 한 보따리 챙겨 와
꼭꼭 숨겨놓고 몰래 꺼내보는 것

빨랫줄에 걸린

비린 냄새 가득한 마른미역 꼬투리
바라보며 킁킁거린다

소중한 것은 숨바꼭질하듯
어딘가 꼭꼭 숨어서 냄새를 풍긴다

여정

가까이 가지 않아도
갖은 의문 사방 쏘아 보내는 것은 여전하다
시간을 노래하며 추파의 빛을 쏘아 올리다가
다시 꽃으로 향기로 잉잉거리는 바람의 노래

이름 부르는 소리에 뒤돌아 봤다가
덜컥 걸려 엉겨 붙어버린 도둑 가시 하나

허벅지 콕콕 찔러도 참을 수밖에 없는
나는 살갗을 찌르는 어둠 직조를 헤치고
목적지를 걸어 빛나는 별까지 가
별무리에 섞여야 하는

젖 먹으러 간다

고향 사람들
나를 보고
네 엄마 젖 먹으러 오냐?

온 김에 실컷 먹고 가거라! 그러네

갯냄새 나는
고향에
젖 먹으러 가네

맨발로 달려오는
어머니 미소
잔잔하게 흐르는 앞뜰

바다 건너
병풍을 두른 산

통통거리는 배들 뒤따라 다니며
춤추는 갈매기

따뜻한 이웃들
두말할 것 없는
접붙여 놓은 정,
이만한 것까지

다녀오면
한 달포는 든든하게 견딜

고향 사람들
나를 보고
젖 먹으러 오냐?

온 김에 속 후련하게
실컷 젖 먹고 가라고 그러네

엄마 찾아가는 길

엄마 찾아
가는 길은
질러가는 길
뒤통수 신짝 붙이고 발이 안 보이도록 신나게 달려가는 길이다
내리는 비마저
쉬어가는 하늘
산 넘고 낙동강 건너 구마고속도로 졸졸 따라 달려간다
어디만큼 왔니?
어디만큼 왔니?
묻고 또 내리 묻는다
다 와간다
갈수록
나는 또 점점 온통
파랗다
대구 — 창녕 — 칠서 — 내서 — 진동

— 배둔 — 고성 거쳐 통영 다 왔다

무거운 나는 금방 내려
하아~이제 안심이다
발이 가벼워 날아서 집으로 간다
나는 조나단

하늘 무너지다

구름은 남동풍을 타고 지나간다

태풍이 잠잠해지고
아파트
차들이 출근을 한 뒤 시커먼
허공 뚫고
하늘이 무너져 내렸다
젖어온 저 땅
방향이 남쪽이다

창밖 다리가 후들거리는 느티나무가
안절부절못하다
나는 빨리 내달려 가야 하는데
발이 안 떨어진다
남쪽 하늘이 멀다

연꽃

처음에는

초록 물결 헤치며 오는 내님처럼

한 송이, 두 송이 여러 송이…….

그리움이 밀물처럼 점점

꽃등 밝혀 축제로 이어져
하늘과 땅의 잔치, 그 느낌 일치함

알아차림이여

안부

그날 먼 데서
구름으로 당신을 그려 보낸
하늘 편지를 본 이후부터
나는 동네 저수지 둑에 앉아
구름을 읽는 일이 많아졌습니다

봄이 와도
편지 한 장 없는 무심한 당신
찔레꽃은 못둑에 꽃구름처럼 뭉텅뭉텅
다시 피는데
은은한 향기 스치는데
저만치 아쉬움을 해 그림자가 끌고 갑니다

저기 저 구름이 당신인가요?
가만가만 불러봅니다. 손을 저어봅니다.
나는 어쩔 줄 몰라
고아처럼 이것저것 다해봅니다

그럴 수도 있겠다는 속말을 했습니다
많이 그리웠겠다고 구름도 찔레꽃도
해묵은 마른 꽃을 들고 서 있는 갈대의
드러난 시린 발목을 다독다독 덮어줍니다

한 사람

한 사람이
꽃이 오는 길을 찾아가듯
외발로 절뚝거리며
두 어깨 흐느적거리며
울퉁불퉁
구부러진 길을 따라
자빠질 듯 엎어질 듯
해지는 길을 따라갔다

마음속에 잠시 물들었다 사라져 간
외길을 걸으면 가끔 생각나는 사람

봄이 온 듯
가는 듯
꽃이 한창 피고
지고 있다

고향집

언제나 두 팔 벌려 반겨주던
빨간 집 대문이 닫힐 것이다

빈집으로 홀로 낡아
스스로 무너질 것이다

잠도 안자고 집을 지키던 동백나무도
해풍에 몸을 누일 것이다

잉잉 쌩쌩 우는 흉내를 내다가
선 자리 그냥 저대로 주저앉을 것이다

멀리 떠나와도
마음이 죽치고 살던 곳
앙증맞고 사랑스러운 맨드라미도
저 혼자 피다말다 할 것이다

그리운 가슴팍

봄이 와도
그 집엔 아무도 없다

대문 들어서면
웃어주던 수국 작약 목련 동백 유카
팔손이 귤나무 맨드라미 춘란
그들만 밤낮 무성할 거다

대문 밖 갈매기들
그리움 닮은 목소리로
이름 부르다가 목쉰 채로 돌아서 갈 거다

바다는 적막 쌓이고
가로등도 외로운 밤 지키며
빈집 저 혼자 늙어 갈 거다

이런저런 생각에 멀리서도 밤은

뜬눈으로 지새우고
캄캄한 흐느낌

그 집도 혼자
나도 혼자

따신 손 놔버린 내 사랑 그곳은 따스한지
기댈 곳 없어
나 달려가 가슴팍 파묻힐 곳 없는 긴긴밤이다

밤새 눈만 젖은

| 해설 |

잊음과 잃음 사이의 섬을 이야기 하다

나호열 | 시인. 문화평론가

1.

음계의 낮은 도 음音 코끝을 스치는 솥밥 익는 냄새,
나뭇가지 끝에서 빗방울 하나가 마악 떨어지려는 그
순간, 손닿을 듯해도 끝내 잡히지 않는 무지…… 이 단
상들은 모두 김미선 시인의 시집 『바위의 꿈』을 일별
하고 난 후에 남는 조각조각의 인상들이다. 그의 시편
들은 무거운 듯 가볍고, 웃음인가 했더니 어느새 슬픔
이 배어있는 미소를 보여준다. 이렇게 『섬으로 가는
길』(2007), 『닻을 내린 그 후』(2016)에 이어 6년 만에
내놓은 세 번째 시집인 『바위의 꿈』이 펼쳐놓은 시간
의 발자국을 따라가다 보면 이윽고 우리는 저녁 어스
름, 길이 끝나는 곳의 외딴 집에 다다르게 된다.

시의 집에는 외로워서 슬프고, 그림자만 길어진 그

리움을 나지막이 읊조리는 사람이 있고 지나칠 정도로 친숙한 정한情恨의 이야기 속으로 빠져 들어갈 참이다. 자칫하면 성급히 귀를 닫을지도 모르겠다. 그러나 시인이 질펀하게 펼쳐놓은 외로움과 그리움의 길을 끝끝내 따라간다면 지친 삶의 어깨에 내려앉는 따스한 햇살과 같은 위로와 평화의 시간을 가질 수 있는 행운을 마주할 수 있을 것이다. 이 말은 우리가 쉽게 잊어버리고 끝내 잃어버린 순수한 삶의 원형과 마주하는 기쁨을 누릴 수 있다는 말과 같다.

한 마디로 시인 김미선은, 아니 시집 『바위의 꿈』은 우리에게 외로움과 그리움이 사라져버린 유목遊牧의 정체에 대해 답을 내려주는 대신에 "유목 이전의 우리의 삶이 무엇이냐고, 질문을 던진다. 유목과 정주定住의 갈림길에서 『바위의 꿈』을 읽는다는 것은 정답이 없는 질문에 끊임없이 모래로 흩어지는 답을 만들어가는 것인지도 모른다.

2.
엄밀히 말해서 시집 『바위의 꿈』은 새로운 발상이나 어법의 구사에 있어 새로운 면모를 보여주는 것은 아니다. 일군一群의 시인들이 즐겨 노래하는 자연에 대한 완상玩賞은 이 부조리하고 하나로 묶어 규명하기 다양함으로 말미암아 경계 지을 수 없는 어려운 세계의 속살을 헤집기에 턱없이 부족하고, 행行과 연聯이라는 도식적 구조에 얹혀 휴지休止를 강요(?)하는 느린 시법詩法은 속도에 민감한 세인의 눈길을 사로잡기에 부족하기 짝이 없다. 그래서 일군의 또 다른 시인들은 내면의 불연속적인 의식을 끌어올려 돌발적이고 그로테스크한 풍경을 그려내기에 골몰하고 있는 지도 모른다.

아무튼 예술은 전위적前衛的이고 – 전인미답의 길을 만들어가는 – 독창적이어야 하는 까닭에 자신의 시업을 꼼꼼하게 되돌아보지 않는 무모한 도전이 계속되어 가고 있는 세태에 놓여있음도 어쩔 수 없는 일이다. 그러나 이 국면을 세세히 되짚어보면 한 때의 경향傾向이나 조류潮流에 휩싸이지 않고 아무도 흉내 낼 수 없는 자신의 목소리를 찾아내고 꿋꿋이 견지하는 일이 더 소중하다는 것을 깨닫게 된다. 그런 점에서 시인 김미선이 보여주는 시편들은 오래되었으나 낡지 않았고, 치밀하고 감각적 언술을 참아내는 대신에 시집의 기승전결의 논리가 상통할 뿐만 아니라 검이불루儉而不陋의

자존의 경지를 오롯이 펼쳐보이고 있다고 단언할 수 있다.

필자의 과문으로 아쉽게도 첫 시집 『섬으로 가는 길』, 두 번째 시집 『닻을 내린 그 후』를 접하지 못하였기 때문에 김미선 시인의 첫 시집 발간 이후 15년 동안의 시적 변모를 쉽게 알아차릴 수는 없으나 '섬' 이라는 오브제는 시인의 사유를 떠받치는 세계관으로 이번 시집에서도 중요한 심상으로 자리 잡고 있음을 분명히 알 수 있다. 상상과 연상력을 토대로 하는 개연성의 원리가 시작법의 중요한 도구로 자리 잡고 있음을 받아들이면서도 – 시가 추구하는 허구성 – 이번 시집에 등장하는 '섬' 은 시인의 실제 체험 공간으로서 강력한 시의 텃밭이 되고 있음을 추측 할 수 있는 것이다.

내 어린 그때
우주만큼
큰 몸집이었지

이제는 갈수록 작아져서
손바닥으로 가려도 되는

먼지가 되어 날아가 버릴 것 같은
섬 아닌 섬

푸르고 넓은 바다는 사라지고
내 가슴속에 가시로 남아
지나간 세월을 찔러대는
잃어버린 첫사랑의 이름
함박도

―「함박이라는 섬」 전문

함박도라는 섬은 경상남도 통영 앞바다 섬으로서 지금은 연육連陸되어 있는 곳인가 보다. 그렇게 지도상에서 사라진 섬 함박도는 시인의 고향으로서 섬의 이름을 잃어버리고, 기억 속에서 잊혀져가는 고장인 것이다.「함박이라는 섬」이외에도 그 섬을 회고하는 시가 다수 보여주는데 그 중에서 몇 편을 살펴보기로 한다.

시「그 섬」에서 "물고기들이 얕은 수면 위에서 나를 홀리고 게 고둥도 참고둥도 몸을 떨면서 숨 쉬던 곳"으로 술회한 아름다운 바다를 둘러싸고 있는 낭만적 추억이나「늙은 섬」에서 보이는 "집 밖으로 유모차를 밀고 나오는 / 등 굽은 어른들만/ 삐거덕거리며 느리게

126

걷고 있는", 풍요가 사라진 풍경을 바라보는 애틋한 슬픔의 고백은 오늘날 여행이 일상화되고 농어촌의 공동화가 빠르게 진행되어가는 정보의 공유로 인해 보편적 정서 이상의 공감 효과를 거두기는 힘들다.

그럼에도 여기서 주목해야할 것은 "하루도 비린 것 먹지 않으면 / 심신이 허기가 지는"(「비린 단맛」)비린 단맛에 각인된 시인의 독특한 몸의 반응에 있다. 그 각인은 어떤 훈화訓話에 길들여지지 않고 음식문화의 풍요로운 변화에도 불구하고 그 무엇의 틈입을 허락하지 않는 몸으로 체득한 본연의 심성에 기인하는 것이다. 그래서 "천 년 만 년 흘러도 // 내 가슴에 남는// 그리움이라는// 방부제"(「방부제」)로 인식되는 그리움은 "저 깊은 심心에서 / 자꾸 마른 내 눈물만 짜내고 있는 / 저 꽃들"(「심줄 뽑기」)의 빈 자리로 변함없이 존재하게 되는 본능적인 것이다.

3.
그럼에도 우리는 섬에 대한 시인의 궁극적 사유의 내면을 보다 구체적으로 더 추적해보아야 할 필요를 느낀다. 생각해 보면 섬은 다층적 의미를 지닌 장소이다. 섬은 바다에 둘러싸인 격절된 소외의 장소이며, 그 반대로 그 격절로 인하여 온갖 사회적 사슬에서 벗어난 해방과 자유의 공간이기도 하다. 그래서 어느 사람들은 애써 섬을 떠나려 하고, 또 어느 사람들은 굳이 섬으로 찾아들기도 하는 것이다.

현재의 함박도는 섬이 아니지만 시인이 그리워하는 함박도는 공동체의 삶과 절욕의 삶과 기다림의 삶이 얼키고 설키면서 "소중한 것은 숨바꼭질 하듯 / 어딘가 꼭꼭 숨어서 냄새를 풍기는"(「미역꼬투리」) 불변의 섬이다. 다시 말해 어촌 함박도는 두레의 풍습과 익명이 발붙일 수 없는 투명한 관계로 얽힌 곳이며, 바다에 나가 고기를 잡는 일이 그 때 그때의 물때에 따라 예측할 수 없고 그런 까닭에 바다가 주는 대로 거두어들일 수밖에 없는 절욕節欲을 배우는 곳이며, 거센 파도에 일엽편주, 항상 위험이 뒤따름에 뭍에 남아있는 사람들의 마음 졸이는 기다림의 기도처이기도 한 것이다.

이렇게 보면 함박도라는 공간은 떨어질 수 없는 한 몸으로 살가운 공동체, 바다는 도전과 절욕節欲을 가르치는 아버지, 그 끝머리에 가녀리게 서 있는 기다림은 어머니의 상징으로 구체적으로 다가오게 된다.

이리하여 시 「슬쩍」에 보이는 "육지에 살면서 아무리 버무려도 맛 들지 않는 / 맹물 같은 싱거운 삶! 스며들지 않는 짭짤한 맛의 허기!"라는 토로는 시인 김미선에게는 버릴 수 없는 삶의 덕목이 된다. 더 나아가서 함박도는 이 모든 정서의 융합체로서 지울 수 없고, 멈출 수 없는 기다림과 그리움의 원천이면서 외로움을 유발시키는 원인이 되기도 한다. "봄이 와도 / 그 집엔 아무도 없"음(「그리운 가슴팍」)으로 바다로 표상되는 아버지는 더 이상 이 세상에 존재하지 않으며, 이미 함박도는 섬의 생명력을 잃어버렸다. 오직 기다림의 돌부처로 어머니만 멀리 살아 있어 「목소리 마스크」, 「풀과의 전쟁」, 「고향집 시계」, 「엄마 찾아 가는 길」, 「시금치가 웃었다」와 같은 시편으로 남아 간절한 기다림을 형상화하고 있다.

그러나 그 기다림은 단지 어머니를 향한 것만은 아니며 섬으로 표징되는 모든 공간과 이미 되돌릴 수 없이 지나가버린 시간마저 잊지 않으려는 안간힘의 표명으로 받아들여야 마땅한 것이다. 김미선 시인은 '잃어버림'이 '잊음'에서 시작되는 것으로 인식함으로써, "기다림을 '잊음'과 '잃음'이라는 의식의 와해를 막는

주는 수행으로 받아들이고 있는 것은 아닐까?" 하는 추측을 조심스럽게 해 본다. 그런 의미에서 시 「그때」는 아이러닉하게도 감상적이고 서정적인 기다림의 의미망을 한층 더 높이는 시로 음미해볼 필요가 있다고 여겨진다.

나는 오늘도 기다립니다

고기 잡으러 바다로 떠난 아버지 돌아오실 때를

어머니가 통영장에 가서 왕눈깔사탕 사 오실 때를

내 형제들이 한집에 다 모일 때를

내가 먼 고향집으로 갈 때를

순하디 순하게 기다려봅니다

하루가 가고 또 밝은 하루가 올 때

조용히 오십 년째

그때를 기다립니다

　　　　　　　　　　　－「그때」 전문

　그리하여 함박도라는 섬은 기다림의 대상이면서 기다림을 체화한 어머니의 분신이다. 아니 그 자체로 잊어서도 안 되고 잃어버려서도 안 되는 어머니로 현현하는 것이다. 이스라엘 속담에 "신은 모든 곳에 있을 수 없기 때문에 어머니를 만들었다"는 말이 있다. 헌신과 무한의 사랑을 베푸는 존재로서의 어머니를 넘어서서 분노와 증오까지도 품어 안는 존재는 "추억은 영원한 순간 / 지금부터 그리움이 시작될 그곳"(「꽃 피고 지는 사이」)에 무량하게 펼쳐져 있는 바다와 같은 것은 아닐까.

　4.

　김미선 시인이 추구하는 삶의 원형은 위에서 살펴본 바와 같이 위선僞善이 없는 생명의 땅, 섬에 그 근거를 찾아볼 수 있다. 필사적인 생존을 위한 불가피한 경쟁을 넘어서는 광활한 바다에 기대어 살면서 자연에 감사하고 절로 무욕을 몸에 지니게 되는 삶. 서로 의지하지 않으면 안 되는 익명성이 허락되지 않는 삶!

시집 『바위의 꿈』에 집요하게 투사된 전통적 서정은 이미 세간에 널리 퍼져있는 자연에 귀의하거나 탐미耽美하는 시들과는 그 결이 다르다. 시인이 노래하는 섬과 그 섬에 의해 파생되는 그리움과 기다림은 핍진逼眞하지 못한 삶의 불구不具에 기인한다는 점에서 매우 치열한 의지라고 볼 수 있다. 많은 사람들이 고립과 험난한 생활의 고통에서 벗어나고자 섬을 벗어나고자 하고 있음에도 ─ 보편적 상식으로 보아 ─ 섬으로의 회귀를 꿈꾸는 행위는 도시화된 오늘의 삶이 시인이 꿈꾸는 세계와 절연되어 있음을 의미한다.

　　　질긴 고무줄처럼 길게 흘러가고
　　　눈 코 볼 사유 없이 쏜살같이 지나가는 하루
　　　　　　　　　　─ 「시간의 집」 첫 연

시인은 기억한다. 사리와 조금을 헤아리며 물때를 기다리고 바다가 내어주는 대로 물고기를 선물로 받아오는 느린 시간은 오늘날에는 조급한 경쟁으로 한 치의 양보도 없는 다툼으로 바뀌어 버렸다. 머리는 쉬엄쉬엄 걸어가고 싶은데 횡단보도의 파란불은 눈 깜짝할 새도 없이 눈을 껌뻑거리며 걸음을 재촉하는 도시에서

는 자연스럽게 생활화된 나눔과 배려가 존재하지 않는
다.

> 산다는 것은 얼룩지는 일이다
> 단 하루를 살아도 얼룩이 묻고
> 백수를 누려도 얼룩이 남는다
> ―「얼룩」 첫 연

이 얼룩은 불가피하게 사람과 사이에서 파생되는 아
픔이다. 섬을 떠나온 시인은 이런 건강하지 못한 일상
을 견디기 힘들다. 그래서 우스꽝스러운 풍자의 필법
으로 냉소한다. 부부관계를 월급 받는 날로 설정하고
"그날만 빤히 기다리는 남자 그날만 기다리는 여자 //
우리는 절대적 사무적인 관계"(「지극히 사무적」)라는
이야기를 만들어 내거나, 뒷 여자가 거울 보러가는 길
에 앞 여자의 옷장을 살짝 닫았다고 육탄전을 벌이는
목욕탕의 스냅을 통해 타인과의 접촉을 거부하는 '일
센티의 간격'으로 풍자하거나, 절대 손해 보지 않으면
서도 반값을 외치는 마트에서 들려오는 '미친 데이!',
지척에 살면서도 제대로 문안을 오지 않는 자식을 기
다리며 "오지 않아도 올 것 같은 / 올 것 같아도 오지 않는 / 아들아 / 지척이 / 십리 길보다 더 멀"(「기다림」 마지막 연)다고 푸념하는 넋두리에서 시인이 꿈꾸는 관계의 아름다움이 어떻게 일그러지고 있는지를 여실히 보여주고 있는 것이다.

이 소통의 부재는 시인뿐만 아니라 대다수의 사람들에게 외로움과 소외의 아픔을 가져온다. 사람과 사람 사이, 사람과 자연 사이, 개인과 집단 사회 사이에 가로 놓인 벽은 "내 생애 이런 벽 없었더라면 얼마나 허망한 일이었을까"(「도배」)라는 탄식의 장소로, 마음의 얼룩으로 남게 되는 것이다.

5.

이와 같이 공동체의 미덕이 사라져 가는 현실에서 찾아오는 고독은 그만큼 앞에서 언급한 그리움과 기다림과 길항하면서 또 다른 세계로 시인의 서정을 이끌어간다. 아마도 그 서정은 나이 듦에 영향을 받기도 하겠지만 김미선 시인에게 있어서의 서정은 자연의 순환을 자신의 삶을 내면화하는 방향으로 이동시킬 때 슬픔이 증폭된다. 「나무들」이나 「나무도 귀가 있다」, 「소나무의 위로」와 같은 시들은 부동不動과 직립의 모양새로 많은 시인들의 서정을 돋우는 모티브로 인용되었기 때문에 김미선 시인이 의도한 외로움을 함께 나누는 대상 이상의 신선한 효과를 거두기는 어려워 보인다. 일례로 시 「도배」에서 보이는 '벽'이나 "나는 안다 / 그들도 얼마나 어디론가 떠나고 싶어 하는지"라고 되내이는 「소나무의 위로」와 같이 대상과 자아를 동일시하는 태도가 그러하다. 그럼에도 불구하고 시 「나무」는 아마도 이 시집의 표제시이기도 한 「바위의 꿈」과 짝을 이루면서 김미선 시인이 새롭게 걸어가야 할 길을 예감하게 하는 시로서 주목해야 할 것으로 보인다.

하늘을 이고
아무 기다림 없이 한 곳에서만 산다

침묵으로 밥을 먹고
새들은 지저귀다 날아가고 또 다른 새가 찾아오고
찾아가지 않아도
세상 이야기는
바람이 와서 들려주었다

어느덧 신목이 되었는지
그믐밤 캄캄한 어둠을 붙잡고

누군가 절을 하고 가는데
이름은 묻지 않았다

세월을 경으로 읽으며
오늘도 누가 찾아오지 않아도 탓하지 않으며
하늘을 뻗어 올라가는 것에
힘을 기울일 뿐이다
                    – 「나무」전문

　나무의 속성을 진솔하게 묘사한 이 작품은 이제는
더 이상 섬이 아닌 고향을 대체하는 또 하나의 섬으로
서 솟대와 같은 의미의 공간으로 자리 잡는다.

내 마음에도 몇 마지기
다랭이논 있다
                    – 「다랭이 마을에서」 마지막 연

　다랭이논은 남해도 산비탈에 일군 천수답 논이었다.
지금은 용수用水 기술의 발전으로 농사짓기가 편해졌
는지 모르지만 청산도의 구들장논과 마찬가지로 식량
을 얻기 위한 눈물겨운 분투의 생활이 고스란히 남겨

져 있는 곳이다. 김미선 시인의 다랭이 논은 자신의 삶의 이력을 단 한 줄로 요약한 것으로서 "벗는다고 벗어던져지지 않는 / 평생 끼고 살아가는 / 가슴속 파여 고인 한 우물"(「우물」)의 척박한 우울과도 맥락이 닿는다. 그 다랭이 논 한 가운데, 우물의 깊은 곳에서 솟아오른 나무는 시인을 위무하는 솟대이며 사라져서는 안되는 함박도이다.

잊지 않으면 잃어지지 않는다는 시인의 조용한 절규는 쉽게 사라지고 잊혀지는 디지털의 시대에 우리 모두가 다시 상기해 보아야 할 소중한 가치를 일깨워주고 있는 것이다. 깊이 알 수는 없으나 김미선 시인도 과거를 반추하면서 세월 따라 성숙해 가고 있는 것은 아닌지 모르겠다. 애써 비유를 빌리지 않고 툭툭 던지는 독백 속에 쓴 맛을 지닌 씨앗들이 숨겨져 있음을 알 수 있기 때문이다. 아포리즘은 매력적이지만 시에서는 자칫 독이 될 수 있는 말놀이기도 하다. 김미선 시인의 시편 속의 몇 구절을 정확히 아포리즘이라 단정지을 수는 없어도 그럼에도 필자의 뇌리에 들어오는 몇 구절을 옮겨 보는 이유는 직관에 가까운 김미선 시인의 사유가 한껏 농익어 가고 있을 뿐만 아니라 그 사유

의 농익음이 사변思辨과 추리에 의존한 것이 아니라 치
열하게 자신의 상처를 어루만지고 나서 얻어 들인, 체
념과는 변별되는 진정성을 함유한 고백이기 때문이다.
생각을 더듬어 인상 깊은 몇 문장을 옮겨보면 아래와
같다.

　　몸을 낮춰야
　　사랑을 얻을 수 있다는 것을 알았다
　　　　　－「사랑」첫 연

　　꽃도
　　살짝 훔쳐보아야 하나 보다
　　　　　－「눈 찔리다」2연

　　우리의 삶이 지나고 보면
　　작은 속삭임이겠다 싶다
　　　　　－「어쩌면」1연

　　밤을 태운 흔적만
　　헝클어져 밟히더라
　　　　　－「춘몽이라 생각하자」마지막 연

이런 독백들은 김미선 시인의 앞으로의 행보가 시인으로서 최고의 경지라 이를 수 있는 관조觀照의 세계까지 다다를 수 있다는 기대를 품게 하기에 부족함이 없는 사례로 볼 수 있겠다. 우리는 얼마든지 교언영색巧言令色의 시를 읊을 수 있다. 그러나 말의 두려움을 아는 가외자언可畏者言이야말로 오늘날의 많은 시인들이 아로새겨야 할 금언이라고 생각한다. 이런 점에서 김미선 시인은 자신만의 목소리를 갈고 닦는데 힘을 기울이는 시인으로 여겨지는 것이다.

이제 길지 않은 이 글을 마칠 때가 되어 시집의 첫 머리에 놓인 「바위의 꿈」을 살펴보고 마무리하고자 한다. 필자의 생각으로 이 시는 시집에 수록된 시 전편을 압축한 시로 주장하고 싶을 만큼 간결하면서도 묵직한 희망을 노래하고 있다고 말하고 싶다.

바위도 시간을 먹고

물들고

깎이고 또 깎이어

천년을 참아내면

스스로 이끼를 옷으로 지어 입고

초록의 꽃으로

피어날 것이라고

바람은 또 쉼 없이

오고 가고

   – 「바위의 꿈」 전문

　「바위의 꿈」이 앞서 언급한 시 「나무」와 짝을 이루
었다고 말한 바 있지만 한 걸음 더 나가본다면 부동과
고독의 상징을 넘어서서 불멸의 자아를 염원하는 구도
求道의 시로 읽고 싶었던 까닭에서이었다. 생멸生滅은
모든 생명체가 맞이하는 순환의 운명이지만 바위는 수
수만년을 지나도 변함없이 그 자리에 서 있는 불멸 그
자체가 아니겠는가. 그런데 우리가 놓쳐서는 안 되는
것은 불현듯 바위를 생물화生物化시켜 바위에 꿈을 입
히고 있는 것이다.

　우리는 『바위의 꿈』 전편을 살펴보면서 시인에게 있
어서 섬은 현실계에서는 사라질 수 있으나 그 사라짐
은 찰나의 현상일 뿐이며 자아(시인)가 그 섬을 잊지
않는다면 – 기다림이나 그리움과 같은 의식활동을 통
해서– 그 섬은 결코 잃어지지 않음을 다수의 시를 통
해 확인했다.

이런 사유를 거쳐 시인은 이제 스스로 바위가 되고자 하는 꿈을 꾼다. "삶의 역경을 전복顚覆시켜 꽃으로 피어날 수 있다는 생명에의 의지를, 억겁의 시간과 실체 없는 바람을 인고하는 기다림을 지닌 바위로 탈바꿈 시킬 때 우리는 진정한 삶의 주인이 되지 않겠는가!"라고 시인은 묻는다. 현상에 대응하는 감각을 넘어서서 자아 스스로를 사물화 하는 이러한 관조觀照의 시가 시인이 다다를 수 있는 최고의 경지라는 말을 기억한다. 스스로 바위가 되어 꿈을 꾸겠다는 시인의 발언은 숱한 간난艱難의 시간과 역경을 거치고 난 후에 이뤄낸 것으로서,『바위의 꿈』이후의 행보를 궁금하게 만드는 첫걸음으로 자리매김하고 있는 것이다.

어느덧, 봄이 성큼 다가와 있다.

反詩시인선017
바위의 꿈

2022년 4월 30일 초판 1쇄

지은이 | 김미선
펴낸이 | 강현국
펴낸곳 | 도서출판 시와반시

등록 | 2011년 10월 21일 (제25100-2011-000034호)
주소 | 대구광역시 수성구 지산로 14길 83, 101-2408
대표전화 | 053)654-0027
팩스 | 053)622-0377
E-mail | khguk92@hanmail.net

ISBN 978-89-8345-137-8 03810